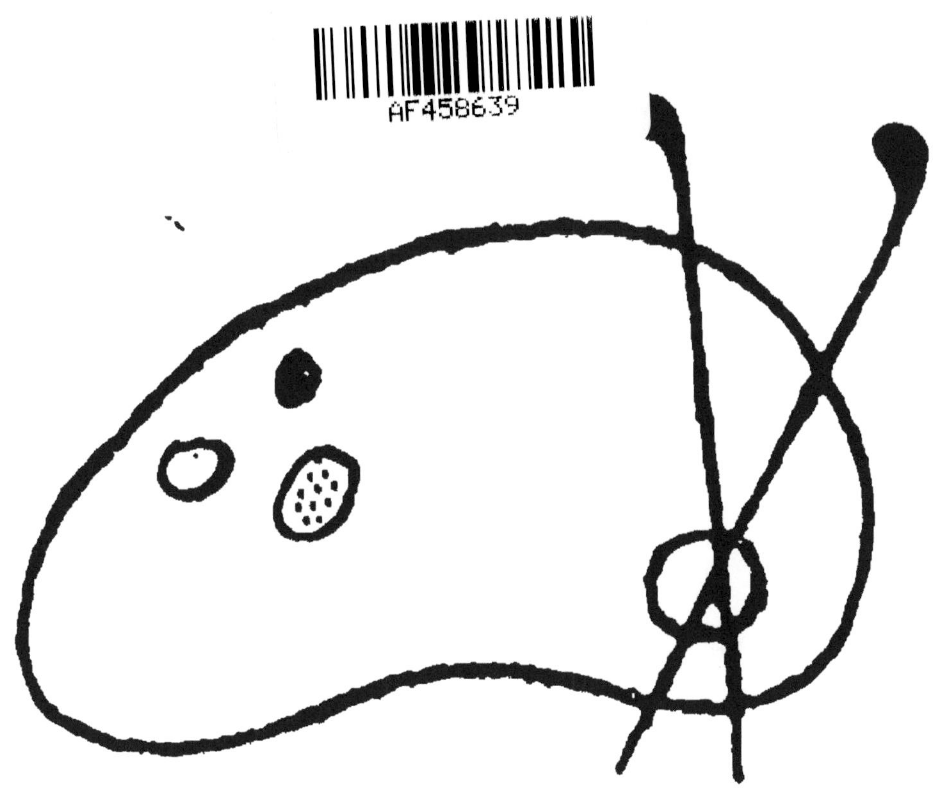

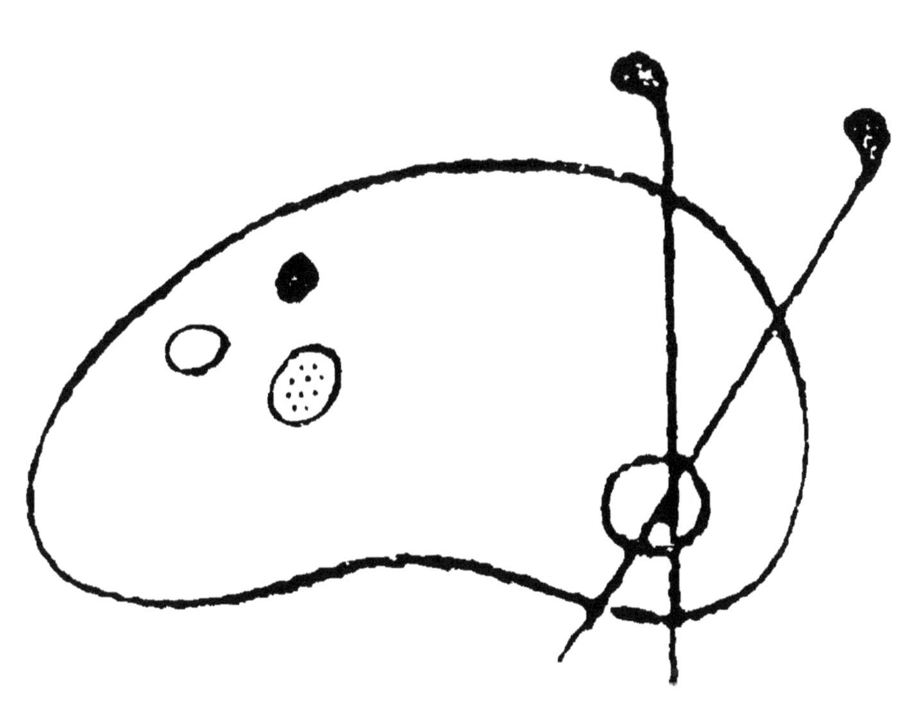

Fin d'une série de documents
en couleur

L'AUBERGE

DU GRAND-CERF

4e SÉRIE IN-8°.

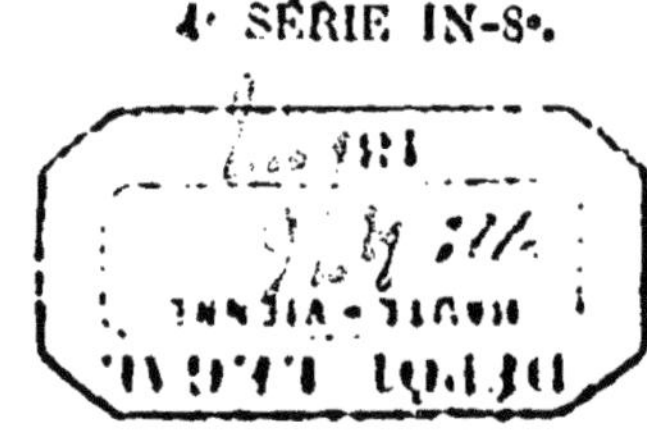

L'AUBERGE

DU

GRAND-CERF

PAR

E. PARMENTIN.

LIMOGES
EUGÈNE ARDANT ET Cie, ÉDITEURS.

L'AUBERGE
DU GRAND-CERF

CHAPITRE Ier.

UN SERVICE.

A Brest, dans l'ancienne rue du Cimetière, maintenant rue du Rempart, s'élevait, au commencement du siècle, une petite habitation, haute de deux étages, située près des écuries de la Poste.

La rue du Rempart était le quartier ordinaire des maquignons, postillons et conducteurs de diligence; c'est là que se concluaient tous les marchés, assez importants entre les gens de cette classe.

Cette maison appartenait à un maquignon assez aisé et fort considéré par ses connaissances. Gorvennec avait débuté par être garçon d'écurie, puis le travail et l'économie aidant, il était parvenu à se faire une petite fortune dans le commerce des chevaux.

Ces détails préliminaires posés, pénétrons sans frapper dans la maison du maquignon.

Il pouvait être huit heures du soir. Au premier étage, dans une chambre propre et confortable pour un ménage d'ouvriers, une jeune femme tenant un enfant dans ses bras, était assise près du foyer, surveillant la cuisson d'un morceau de veau, qui chantait joyeusement sur le feu. De temps en temps elle jetait un regard inquiet sur une pendule à colonnes placée sur la cheminée, et chaque fois un geste d'impatience s'échappait malgré elle.

— Il est déjà huit heures, murmura-t-elle, et Grand-Louis ne revient pas! Qui peut donc le retenir?...

L'enfant se mit à crier et la jeune femme essaya de le calmer en lui chantant un air triste et monotone comme il est d'usage en Bretagne.

Cette femme, le lecteur le devine, était l'épouse de Gorvennec dit Grand-Louis.

Madame Gorvennec avait vingt ans. Ce n'était pas une beauté irréprochable, mais elle avait dans la physionomie un certain air de douceur qui vous attirait malgré vous. Maître Gorvennec l'avait épousée en recherchant moins la beauté du visage que les qualités du cœur, car Louise était d'un excellent caractère, économe, rangée, ne recherchant pas les plaisirs, en un mot une bonne ménagère qui n'avait pas tardé à ramener dans le ménage de Grand-Louis une économie inconnue à la vie de garçon.

L'enfant avait fini par s'endormir à la chanson maternelle. Elle le déposa doucement dans son berceau et courut près de la fenêtre, dont elle écarta les rideaux pour mieux regarder dans la rue.

A ce moment la porte s'ouvrit avec bruit, et un homme entra.

Il était vêtu d'un vaste manteau et de grandes guêtres de cuir qui lui montaient jusqu'aux cuisses. Un petit chapeau de cuir bouilli complétait son costume.

— Bonsoir, femme, fit-il joyeusement en secouant son manteau couvert de neige, il fait joliment froid dehors!...

— Te voilà, mon ami, dit Louise, qui s'était

empressée de lui enlever son manteau. Fais doucement, l'enfant dort!

— Ah!... repartit Grand-Louis.

Et il courut embrasser son enfant.

Puis il revint vers Louise.

— Je suis un peu en retard, pas vrai?...

— Quelque peu...

— C'est que, vois-tu, j'ai fait une affaire d'or; un poulain de 400 francs que j'ai revendu 800!

Et ce disant, il jeta une bourse de cuir sur la table, où les écus tintèrent joyeusement en tombant.

— Ça!... continua-t-il, je suis affamé, soupons.

Et il alla s'asseoir près du foyer.

Louise approcha une petite table, recouverte d'une nappe blanche, dressa promptement le couvert, posa la soupière sur la table, et s'assit en face de son mari, qu'elle s'occupa de servir.

Après souper, Grand-Louis se renversa sur sa chaise, tira de sa poche une pipe en racine de bruyère, et se mit à fumer avec délice.

— Ah çà! petite femme, dit-il avec satisfaction, je commence à être assez content de moi, et je crois que Dieu aidant, nous pourrons ramasser quelques écus pour nos vieux jours !

— En effet, mon ami, nous n'avons qu'à nous louer de la protection que le ciel nous accorde chaque jour, et qui fait prospérer nos affaires.

— Quel jour sommes-nous aujourd'hui?... demanda le maquignon.

— Vendredi, 26 janvier, mon ami.

— Demain, fit Grand-Louis en se frottant les mains, je me repose toute la journée! Demain, la foire de Ploudiry. Je me dispenserai d'y aller; il n'y aura pas grand'chose à faire. J'ai gagné aujourd'hui ma journée de demain!

— Et d'après-demain aussi, mon ami.

— Compris! on n'a pas l'habitude de travailler le dimanche.

Ils en étaient là de leur conversation, quand un pas lourd se fit entendre dans l'escalier.

Quelques instants après, on frappa à la porte.

— Qui est là?... demanda Gorvennec sans se déranger.

— Moi, Coroller; ouvre, fut-il répondu.

— Tiens, tiens, fit Grand-Louis en courant ouvrir, quel bon vent t'amène de ce côté?..... Il y a au moins un siècle qu'on ne t'a vu?

— Dame! répondit le nouveau-venu après avoir salué Louise, les affaires sont les affaires!

— Assieds-toi donc! reprit Gorvennec.

— Oh! je te remercie, je n'en ai pas pour longtemps, répondit Coroller en s'asseyant. Je suis venu en courant et vais m'en retourner de même.

— Il neige toujours?...

— Plus fort que jamais. Je ne sais pas si la diligence pourra arriver cette nuit; à coup sûr elle aura du tintouin! Mais c'est pas pour te parler de la pluie et du beau temps que je suis venu te trouver.

— Parle alors.

— J'ai un service à te demander.

— Un service!... De grand cœur, si je le puis.

— Voilà l'affaire. C'est demain la foire de Ploudiry, et tu ne manqueras pas cette occasion d'acheter quelques chevaux.

— Justement, je n'y vais pas!

— Diable!... ça change la tournure des choses.

— Continue toujours.

— Rien ne t'aurait été plus facile, en revenant, que de descendre un instant à Landerneau et d'y prendre une trentaine de mille francs que j'y ai déposés chez maître Kervelin, le notaire.

— Crois-tu que maître Kervelin me confierait ton argent?...

— Pardine, avec une *procure* en règle!

— Et cette procure?...

— La voici, fit Coroller en posant sur la table un papier timbré.

— Tu as donc bien confiance en moi?... demanda sérieusement le maquignon.

— C'te bêtise!... répondit l'autre en haussant les épaules.

— Eh bien! réflexion faite, je partirai demain matin et je te rapporterai ton argent demain soir.

— C'est un fier service que tu me rends là! Sois calme, je ne l'oublierai pas, et si jamais tu as besoin de la pareille, tu n'as qu'à venir me trouver, je serai à ta disposition.

— Bon, bon, voilà une affaire pour si peu de chose!... Veux-tu prendre un verre de vin?

— Ah! ma fine, c'est pas de refus. Par ce temps qu'il fait, il n'est pas défendu de se réchauffer l'intérieur.

Gorvennec fit un signe à sa femme, qui, pendant tout ce colloque, était restée assise près du berceau de son enfant, brodant une coiffe de fine batiste pour les jours de fête.

Elle posa sur la table une bouteille pleine tirée du buffet, et prit deux verres sur la cheminée.

— Et toi?... objecta Grand-Louis.

— Merci, fit-elle, je n'en veux pas.

Grand-Louis versa une pleine rasade à son compère, fit de même pour lui et choqua son verre contre celui de Coroller.

— A ton heureux voyage de demain! proposa celui-ci.

— Merci.

— Ah çà! continua Gorvennec, causons un peu. Sans être curieux, pourquoi as-tu besoin de tant d'argent?...

— Voyez, fit Coroller, il craint la concurrence.

— Allons donc!...

— Sois tranquille, c'est pour payer la moitié du prix d'une maison que je viens d'acheter dans la rue du Bras-d'Or. Je suis fatigué d'être chez les autres, et ma foi, puisque j'avais quelques économies, je me suis dit en moi-même que je pouvais tout aussi bien qu'un autre avoir pignon sur rue.

La conversation continua encore quelques minutes sur ce ton, et le couvre-feu vint à sonner.

Coroller prit alors congé de ses amis et sortit.

— C'est entendu, fit-il sur le seuil, demain soir je viendrai chercher l'affaire en question.

— C'est entendu, répondit Gorvennec, demain soir.

CHAPITRE II.

L'AUBERGE DU GRAND-CERF.

Il était six heures du matin. La neige n'avait cessé de tomber toute la nuit et tombait encore drue et épaisse sur les pavés de la ville de Brest. Aucun magasin n'était ouvert, et les rues que personne n'avait encore foulées étaient semblables à de longs rubans argentés sous les pâles réflexions des réverbères qui ne jetaient plus par moments que des lueurs vacillantes et douteuses.

Il brillait cependant de la lumière aux fenêtres de Gorvennec.

Le maquignon se préparait à partir pour tenir la promesse qu'il avait faite la veille à Coroller, et quelques instants après, une petite lanterne à la main, il descendit dans l'écurie, où il sella lui-même son cheval favori.

Puis, quand le dernier coup d'étrille fut

donné, il éteignit la lumière et tira son cheval par la bride jusqu'à la rue.

— Adieu, fit-il en jetant un dernier regard sur sa maison.

Et il sauta en selle.

Le cheval partit au grand trot. Quelques instants après, il dépassait les portes et courait sur la route de Paris.

Ce n'était pas une bête de grand prix que la monture de maître Gorvennec, mais elle cachait sous une médiocre apparence d'excellentes qualités.

Gorvennec était de beaucoup plus vieux que sa femme. Il avait dépassé la quarantaine, sans que pourtant l'âge lui eût enlevé la première apparence de jeunesse. Il était bien pris dans sa taille, et ses membres trapus attestaient une vigueur peu commune. La tête, sans être belle, avait des éclairs d'intelligence, et dénotait de certaines connaissances qu'on n'eût jamais cherchées chez un maquignon.

Gorvennec se faisait le plus petit possible et pressait vigoureusement son cheval de l'éperon pour échapper aux atteintes du froid et pour arriver de bonne heure à Landerneau. Il s'était mis en route sans aucune arrière-pensée; le seul plaisir d'être utile à un ami tempérait la mauvaise humeur qu'il eût pu ressentir de se trouver dehors par un temps pareil.

Il avait laissé loin derrière lui les glacis, dont il n'apercevait plus que les grands arbres étincelants de givre. Devant lui, dans la brume et les tourbillons de neige, on voyait poindre le clocher de Guipavas, entouré de sa ceinture de hêtres et de bouleaux.

La nature était morne et silencieuse; elle avait revêtu son grand linceul blanc, qui ne laissait aucune place inoccupée, et le jour depuis longtemps cherchait à percer les gros nuages plombés qui chassaient du nord.

Une journée qui s'annonçait sous de sinistres auspices.

On n'entendait plus le doux murmure des cours d'eaux, qui sommeillaient maintenant sous une épaisse couche de glace, et des bandes de corbeaux affamés par le froid croassaient au haut des noirs et difformes sapins.

Grand-Louis nė put se défendre d'un sentiment de vague appréhension; on ne naît pas impunément Breton pour ne pas conserver au fond du cœur quelques tristes souvenirs des sombres légendes qui se débitent le soir à la veillée !

Il était arrivé devant le bois de Coteaudon, où il échangea quelques paroles avec le garde-chasse qui rentrait après avoir fait sa tournée de la nuit.

Puis, quand le vieux forestier eut disparu au fond des sinuosités du bois, Gorvennec éperonna son cheval et arriva d'une traite à Guipavas, où il resta le temps de rallumer sa pipe.

— Allons, fit Grand-Louis en caressant l'encolure de son cheval, encore un effort, et nous nous arrêterons au Cerf, histoire de nous reposer un brin.

La bête, comme si elle comprenait le langage de son cavalier, redoubla d'ardeur et partit au galop. Dix minutes après, elle s'arrêtait devant le Grand-Cerf.

L'auberge du Grand-Cerf était en ce moment le sujet de toutes les conversations du pays ; elle passait pour un lieu mal famé, près duquel on ne devait pas se risquer, passé la brume de nuit.

C'était une maison élevée d'un étage, avec rez-de-chaussée et mansardes, vieille, délabrée, portant tous les stigmates d'une décrépitude avancée.

Au-dessus de la porte était suspendue une enseigne fond brun, sur laquelle un artiste du pays avait ébauché avec plus de bonne volonté que de talent un dix-cors poursuivi par des chiens.

L'enseigne était elle-même surmontée de deux andouillers, trophées sans doute fichés dans la muraille par quelque chasseur vaniteux.

Les volets avaient été repeints nouvellement et l'on pouvait y lire cette annonce prétentieuse : *Vins, Eaux-de-Vie, Liqueurs et Bière.*

Plus loin, sur la route de Landerneau, le mur d'enceinte était terminé par une énorme porte cochère suivie d'une écurie dont le toit de chaume s'effondrait sous la neige.

A l'horizon, quelques arbres rabougris et

dépouillés qui semblaient croître à regret sur ce sol ingrat.

Tout cela, triste comme un paysage breton!

Nous insistons sur ces détails, parce qu'ils seront de la plus grande nécessité pour l'intelligence de ce qui va suivre.

Gorvennec attacha son cheval par la bride à l'un des anneaux de fer scellés dans le mur, et entra dans l'auberge en se frottant les mains. L'auberge était à peu près déserte. Seuls, dans un coin sombre, trois hommes étaient assis à une table surchargée de brocs et de verres remplis d'eau-de-vie. Ils fumaient et causaient mystérieusement à voix basse. A l'arrivée du voyageur, ils suspendirent leur conversation et tournèrent la tête de son côté.

— Bonjour, Legon, fit Grand-Louis à l'hôtelier, qui venait au-devant de lui. Ça roule?

— Comme ci, comme ça, mossieu Gorvennec, tout à la douce, les affaires ne vont pas trop!

— Toujours à te plaindre, mauvaise pratique, continua Grand-Louis en s'asseyant près du comptoir.

— Vous ne voulez rien prendre?... demanda

servilement celui qui avait été désigné sous le nom de Legon.

— Si, un verre de vin chaud, et vivement, car j'ai hâte d'arriver à Landerneau.

— *Et y a pas* d'indiscrétion à vous demander si vous resterez passer la nuit?...

— Non, répondit Gorvennec, je reviendrai ce soir.

— Vous n'allez pas à la foire de Ploudiry?...

— Non, il fait trop mauvais. Je vais seulement encaisser quelque argent pour un mien ami qui m'a prié de lui rendre ce petit service. Mais je m'aperçois, bavard, que tu restes là fiché comme une borne et que tu ne m'as pas encore servi.

— Tout de suite, répondit Legon.

Si Gorvennec avait été moins occupé de sa conversation avec l'aubergiste, il eût remarqué un certain frémissement qui agita les trois hommes à ces seuls mots : « Je vais toucher quelque argent. »

Ils échangèrent tous trois un regard d'intelligence, pendant qu'un sourire faux errait sur leurs lèvres.

Ils s'étaient compris.

— L'as-tu remarqué?... fit l'un d'une voix sourde.

— Silence! répondit l'autre en lui serrant les mains à les broyer. Silence!

Cet incident avait passé inaperçu de Gorvennec; nul doute que s'il l'avait vu, il n'eût changé aussitôt ses plans de campagne.

Son verre de vin chaud avalé, il jeta un écu de trois livres sur le comptoir, prit sa monnaie, et se dirigea vers la porte après avoir salué de la main les trois hommes.

— Serviteur!... la compagnie, dit-il.

Et il se remit en selle.

L'aubergiste, sur le seuil de la porte, le regarda partir, puis quand il eut disparu au coude de la route, il revint sur les trois hommes.

— Eh bien!... demanda-t-il.

— Eh bien! répondit l'un en se levant et en mettant sa main dans celle de Legon, je dis que c'est un coup à faire...

CHAPITRE III.

VOLÉ!!!

Maître Gorvennec était arrivé sans encombre à Landerneau, où il alla tout d'abord chez le notaire, qui, sans hésiter, telle était la renommée de probité du maquignon, lui remit la somme demandée, partie en or, partie en papiers de valeurs. Puis Gorvennec s'en alla chez un maquignon de ses amis et y passa la journée.

Celui-ci voulut à tout prix le retenir, lui représentant qu'il n'était pas prudent de s'en retourner à la nuit avec une pareille somme en croupe, sur une route aussi mal fréquentée.

Mais Gorvennec, qui était un peu vaniteux de sa force corporelle, et qui au besoin croyait pouvoir compter sur la vigueur de ses poignets, ne voulut rien entendre, et donna pour toutes raisons qu'il avait promis à Coroller de lui compter son argent le soir même.

Après avoir insisté vainement, son ami l'aida à charger sa valise sur son cheval, et lui prêta un solide nerf de bœuf pour se défendre en cas de besoin.

— Bon voyage! lui souhaita-t-il en frappant sur la croupe du cheval, pas de mauvaises rencontres!

— *Crains rien,* répondit Gorvennec en brandissant son arme improvisée, elles seront les bienvenues!

Et il poussa sa bête, qui fit jaillir des étincelles au pavé.

— Je ne sais quel pressentiment m'agite, murmura le maquignon en le regardant partir, mais pour moi voilà un homme qui court à sa perte.

Et il rentra chez lui.

Gorvennec tourna rapidement les rues de Landerneau et tomba sur la route de Brest.

La neige avait cessé de tomber dans la journée, un froid excessif ramené par la nuit, lui avait succédé. Il gelait à pierre fendre, et la neige durcie par la gelée craquait sous les fers du cheval.

Gorvennec s'était drapé comme il avait pu

dans une houppelande en peau de bique; une grosse cravate de laine lui entourait le cou et la moitié du visage, et son chapeau rabattu sur ses yeux ne laissait voir que le bout de son nez.

— Faut tout d'même avoir envie de rendre service, pensait-il, pour faire une *trotte* comme celle-ci; et par une chance qui n'arrive qu'à moi, la lune ne se lève pas, il fait noir comme dans un four. Qu'en dira-t-on à Landerneau?

Tout en se livrant à ses réflexions, Grand-Louis stimulait son cheval, qui, plus chargé que le matin, ne marchait plus avec autant de vigueur.

— J'espère, se dit le maquignon, que la neige ne va pas s'aviser de reprendre, ou sans cela je ne pourrai jamais arriver jusqu'à Brest. Si ça continue de cette manière, je vais tout simplement rester au Cerf, attendre la diligence, et je ferai route avec elle.

Grand-Louis n'avait pas fait un quart de lieue que la neige recommença à tomber plus serrée que jamais. Ses flocons blancs tourbillonnaient autour du cavalier, et l'enveloppaient de manière qu'il ne lui était plus possible de voir à dix pas. Il avait besoin de toute sa prudence pour ne pas aller se jeter dans les fossés, lui et sa bête.

Dans la forêt, on entendait assez près les hurlements des loups, qui, par bandes, parcouraient les endroits que la neige n'avait pas encore couverts.

Le cheval hennissait, parfois se cabrait de peur, mais se radoucissait aussitôt sous l'éperon de son cavalier. A la fin pourtant, affolé de terreur, il se raidit dans un suprême effort et se prit à filer comme le vent.

— Tant mieux, se dit Grand-Louis, aveuglé par les tourbillons de neige qui lui cinglaient le visage, j'arriverai plus vite.

Combien de temps dura cette course vertigineuse, c'est ce que nous ne pouvons dire. Le cheval, accablé de fatigue, s'arrêta court au milieu d'une montée, et Grand-Louis, qui connaissait jusqu'à la moindre borne de la route, s'écria joyeusement :

— Enfin, me voilà bientôt rendu au Cerf!...

Arrivé au haut de la côte, le cheval reprit le grand trot, au contentement de Gorvennec, qui lui rendit la main. A chaque temps de la course, la valise, heurtée contre le fer de la selle, rendait un bruit argentin qui incommoda fort le maquignon.

— Pour faire peur aux gens, se dit-il, on n'a plus qu'à entendre sonner ça!

Il descendit de cheval, reboucla soigneusement la valise et se remit en se[illegible]

A peine avait-il fait deux ou [illegible] pas qu'une main de fer se posa sur la bride du cheval, pendant qu'une voix s'écriait :

— Halte-là, beau maquignon, ne courez pas si vite.

Gorvennec leva son nerf de bœuf, et répondit d'une voix sauvage :

— Arrière, ou je vous fends la tête.

Mais à côté du premier assaillant, deux autres avaient surgi comme de dessous terre.

— Trois contre un, reprit le premier, la lutte n'est pas égale, rendez-vous.

— Jamais! répondit le maquignon en enfonçant ses éperons jusqu'à la molette dans le ventre de son cheval.

La bête se cabra de douleur, et malgré la main qui la retenait, allait partir à fond de train, quand une détonation se fit entendre, éclairant le visage sinistre des trois aventuriers.

Le pauvre animal fit trois ou quatre bonds précipités, puis tomba sur le sol en entraînant son cavalier.

Le front de Gorvennec heurta un caillou qui lui fit une large blessure.

Le maquignon, étourdi par la chute, ne se releva pas.

— Je crois qu'il a son affaire; qu'en dis-tu, Loïk?... fit un des individus au chef qui avait arrêté le cheval.

— Il ne s'agit pas de rester empaillés ici, répondit, tout en débouclant les courroies de la valise, celui qui portait le nom de Loïk.

— Qu'allons-nous faire de l'homme? Faut-il l'achever?...

Et un des bandits tirait déjà un pistolet pour le décharger sur le malheureux Gorvennec.

Mais prompt comme l'éclair, Loïk lui releva le bras.

Le coup partit en l'air.

— Pas de bêtise, Clet, murmura-t-il.

— Mais pourtant nous ne pouvons pas laisser vivre ce particulier, qui serait fort gênant.

— Bah! fit le dernier, qui n'avait pas encore parlé, les loups se chargeront de son affaire!

— Pas du tout, Paouotic, repartit Loïk, nous allons l'emporter à l'auberge et nous l'enfermerons dans la grange à Legon.

— Tu as donc bien confiance en cet homme?...

— Avec quelques écus, on lui posera aisément un nœud sur la langue.

— Comme tu voudras!

— Empoignez l'homme, fit Loïk, je me charge de la valise.

Paouetic et Clet dégagèrent Gorvennec de dessous le cheval, le prirent l'un par les pieds, l'autre par la tête, et se dirigèrent vers l'auberge du Grand-Cerf, où l'on apercevait de la lumière.

Loïk fermait la marche, portant avec peine la valise.

La confiance qu'il accordait à ses associés n'était pas très-grande, puisqu'il avait voulu se charger lui-même de ce précieux fardeau.

Legon les attendait sur la porte, une chandelle à la main.

En voyant déboucher le lugubre cortège, il sourit sardoniquement.

— Ils finiront un beau jour par se faire couper le cou, murmura-t-il.

Puis courant à eux :

— Par la porte cochère, et vite!

— Reste aux aguets, lui dit Loïk, nous allons caser le particulier dans la grange.

— Attention, pas de bêtises, recommanda Legon; la dernière fois j'ai eu toutes les peines du monde à faire disparaître les traces.

— Sois tranquille, on sait se tenir, répondit Loïk.

Et ils rentrèrent dans la grange.

Ce meurtre n'était donc pas le premier qui se consommait dans cette sinistre maison...

Les deux hommes déposèrent sur le sol le corps du maquignon, et Paouetic, saisissant une bêche dans un coin, s'apprêtait à lui fendre le crâne, quand Loïk intervint encore :

— Vous êtes bêtes! fit-il.

— Mais tu veux donc nous faire guillotiner?... s'écria Clet d'une voix empreinte de terreur.

— Vous êtes des brutes!... répéta Loïk en

haussant les épaules, bons pour donner un coup de couteau, mais incapables de concevoir une idée!

Les deux hommes étonnés s'étaient rapprochés.

— Que veux-tu faire?... demandèrent-ils tous deux.

— Vous ne comprenez donc pas, poursuivit Loïk, que cet homme, soit dans vingt-quatre heures, soit après, finira par s'évader, que le vol retombera sur lui, et que nous aurons eu le temps de fuir!

Le visage des deux bandits s'était illuminé.

Ils subissaient l'influence satanique de leur chef.

— Après-demain à huit heures, au moulin Blanc, à la maison de l'Ecluse, nous règlerons nos comptes!

— Sommes-nous donc assez riches?... demanda Clet.

— Et l'Amérique est là pour nous, répondit triomphalement Loïk.

CHAPITRE IV.

A FRIPON, FRIPON ET DEMI.

Gorvennec était étendu sans mouvement sur la terre gelée, le sang s'échappait toujours avec abondance de sa blessure. Les bandits étaient partis sans même prendre la précaution de lui lier les membres.

Il resta sans connaissance jusqu'au matin.

Quand il rouvrit les yeux, il faisait grand jour, et la lumière filtrait par tous les ais disjoints du toit.

— Où suis-je?... se demanda le maquignon avec un sentiment d'effroi.

Et il voulut se relever.

Mais les forces lui manquèrent, et la douleur qu'il ressentit à la tête le rappela à la réalité.

Le voile se déchira...

Il se souvint!...

Il comprit toute l'horreur de sa position.

— Les lâches!... murmura-t-il, trois contre un!...

Tout-à-coup, il poussa un cri déchirant.

— Et l'argent!... s'écria-t-il, cet or qui n'était pas à moi, qui m'était confié, ils me l'ont enlevé!...

Et le maquignon se prit à sangloter comme un enfant.

Il resta quelque temps anéanti, puis l'énergie du désespoir domina la souffrance, il se releva debout, la tête haute, et marcha vers la porte.

Déjà sa main soulevait le loquet de bois; un pas encore et la porte était franchie... mais il recula.

— Non, murmura-t-il, pas par là. Cette porte doit être fermée, et qui sait si derrière quelqu'un ne me guette pas pour m'achever! Ah! je ne veux pas mourir!... j'attendrai.

La masure, avant de servir de grange, avait été habitée, comme le prouvait une énorme cheminée comme on n'en trouve qu'en Basse-Bretagne, et deux fenêtres grillées qui donnaient sur le courtil.

Il ne fallait pas songer aux fenêtres, Grand-Louis songea à la cheminée.

— Ce soir, pensa-t-il, par là...

Et il alla s'asseoir sur la pierre du foyer, la tête entre les mains.

Sa blessure ne le faisait plus souffrir, il ne la sentait pas; la douleur du cœur était encore plus profonde.

Le malheureux pensait à sa femme et aux jugements téméraires que pourrait porter Coroller lorsqu'il viendrait lui dire :

— Je suis volé!...

Le croirait-il?... Non!

Chez l'homme, l'amour de l'or étouffe tout!

Il resta plongé dans un état de torpeur voisin de l'hébêtement.

Puis une sorte de réaction terrible s'empara de lui, ses yeux s'injectèrent de sang, ses poings crispés cherchèrent une victime sur qui il pût assouvir la rage qui le dévorait. Un cri rauque s'échappa de sa poitrine et il bondit comme une bête fauve sur la porte.

Emporté par son élan, il la heurta violemment, elle s'ouvrit en-dedans et le malheureux, repoussé, alla rouler quelques pas plus loin.

Deux hommes entrèrent.

C'était Legon et Loïk.

Le maquignon était à peu près à la même place où ses bourreaux l'avaient déposé. Loïk s'approcha de lui et l'examina avec attention.

— Il n'a pas encore repris connaissance, dit-il à Legon.

— Tant mieux! répondit celui-ci.

— Pas du tout, reprit Loïk, ce n'est pas ça que je veux, je désire tout au contraire qu'il revienne à lui. Cela me servira dans mes projets.

— Quels projets?... demanda Legon.

— Je ne dis pas ça à tout le monde, répondit froidement Loïk, et j'espérais, en rentrant ici, ne trouver personne. Mais il n'a pas eu l'heureuse idée de s'envoler; ce n'était pourtant pas difficile!...

— Hein!... exclama Legon avec effroi.

— Mais, continua Loïk, sans s'inquiéter de l'interruption de son digne ami, ce qui est différé n'est pas perdu.

Et entraînant Legon dans un coin :

— S'il n'est pas évadé pour ce soir, dit-il à voix basse, je viendrai moi-même le chercher en m'érigeant en libérateur, et je le conduirai assez loin d'ici pour qu'il ne sache pas où il a été renfermé.

En finissant ces mots, il tira une corde de sa poche et lia solidement les poings et les pieds du maquignon, qui était toujours inanimé.

— Là!... les petites menottes sont tranquilles maintenant, nous pouvons nous en aller.

Les deux hommes se dirigèrent vers la porte.

Tout en la refermant, Legon marmottait entre ses dents :

— Tu as ton projet, Loïk, et moi aussi j'ai le mien. Le plus bête des deux n'est pas celui qu'on pense.

Après cette citation qui faisait honneur à son érudition, Legon courut servir ses clients qui s'impatientaient dans l'auberge. . . .

. . . .

Le crépuscule tombait froid et glacial, le jour s'était retiré de la misérable masure, quand Legon traversait la cour en faisant craquer la neige durcie sous ses lourds sabots. Le vieil hôtelier tremblait de froid, son bonnet de laine était rabattu jusque sur ses yeux, et il se hâta d'entrer dans la grange où était renfermé Grand-Louis.

Après avoir soigneusement poussé la porte, l'hôtelier battit le briquet et alluma un vieux bout de chandelle qu'il posa sur les pierres du foyer; puis il se dirigea vers Gorvennec, qui, étendu sur le sol, était engourdi par le froid.

Il lui délia les mains, lui souleva la tête, et le secoua avec vigueur pour le faire revenir à lui.

Grand-Louis le regarda d'un air hébêté; ses yeux hagards cherchaient à lire sur la physionomie de Legon qui il pouvait être.

—Bon, bon, mon bonhomme, on va te faire avaler un petit coup!

Satané Loïk!... quelle besogne il a fait là!... Eh bien! papa Gorvennec, ça va mieux?... Les brigands!... si je n'ouvrais l'œil, ils seraient capables de me faire couper le cou avec eux!

Tout en se livrant à ce monologue, le maître fripon avait assis Gorvennec sur les pierres du foyer, et lui avait fait avaler quelques gorgées d'une exécrable eau-de-vie, que le maquignon ne put prendre sans faire une horrible grimace.

C'est ce qui le fit complètement revenir à lui. Il essaya de se lever, mais ses pieds liés le firent retomber aussitôt.

La lueur rougeâtre de la chandelle se projeta un instant sur la face patibulaire de l'hôtelier. Gorvennec le reconnut.

— C'est toi, Legon, fit-il en serrant les poings; tu es donc au nombre de mes bourreaux?

L'hôtelier voulut prendre un visage compatissant, mais qui, en réalité, n'était que d'un grotesque achevé.

— Oh! que nenni, monsieur Gorvennec, dit-il. J'vas vous glisser la chose dans le pertuis de l'oreille.

— Tu vas mentir, observa Gorvennec.

— Ah! repartit froidement Legon, si vous m'interrompez longtemps comme ça, j'vas m'en aller.

— Non, fit Gorvennec, reste.

— Eh bien! tenez, commença l'hôtelier en

s'asseyant près de lui, il faut vous dire que, pour mon malheur, les brigands qui vous ont dévalisé vous ont enfermé chez moi, en me menaçant de me faire passer le goût du pain si j'ouvrais la bouche pour dire un seul mot. Cependant, vu l'intérêt que je vous porte, mossieu Gorvennec, j'ai pensé que vous seriez content de savoir un peu s'il y aura encore du soleil pour vous, et je suis venu pour vous faire une petite proposition.

— Parle, acquiesça Gorvennec, qui n'était pas dupe de l'intérêt de l'hôtelier.

— Donc, puisque je risque ma tête, il est de toute justice que je sois récompensé. Signez-moi un billet de 500 écus à valoir sur vous, et je vous donnerai la liberté.

— C'est tout ce que tu demandes? fit ironiquement le maquignon.

— Mon Dieu, je ne suis pas exigeant! Avec ça et votre parole d'honnête homme que vous ne direz jamais où vous avez été transporté, je me contenterai.

— Et si je refuse?

— Vous resterez ici en attendant que ceux

qui vous ont volé disposent de vous autre ment.

— Et si je m'évade?

— Vous ne le pourrez pas.

— Ainsi, je suis à ta discrétion?...

— Comme vous le dites.

— Eh bien! va, j'aime mieux mourir!

Legon se rapprocha de lui.

— Si j'étais à votre place, mossieu Gorvennec, j'aimerais mieux m'en aller, car si vous ne revenez pas à Brest, on dira que vous avez levé le pied avec l'argent.

— C'est vrai! avoua le maquignon avec accablement.

— Allons, décidez-vous.

— Donne ton papier, j'accepte!

Legon s'était précautionné à tout événement. Il tira de sa poche une écritoire de corne, une plume d'oie toute taillée, et une feuille de papier timbré.

Il tendit le tout à Gorvennec.

— Ecrivez, lui dit-il.

Et il dicta :

— Je reconnais devoir à maître Legon, hôtelier au Cerf, commune de Guipavas, canton de Landerneau, la somme de cinq cents écus, valeur prêtée par lui, payable à la présentation de ce billet.

— Maintenant, signez et datez.

Gorvennec lui tendit le papier, que Legon déchiffra avec peine d'un bout à l'autre avec la plus vive satisfaction.

— Il n'y manque pas un mot, dit-il. Tout est en règle; les bons comptes font les bons amis! Maintenant, vous me jurez sur l'honneur que vous ne dévoilerez à personne, pas même à votre femme, l'endroit où vous avez été transporté et la manière d'où vous êtes sorti?

Gorvennec hésita.

C'était sa condamnation qu'il allait prononcer.

— Rien ne tient sans cela, ajouta froidement Legon.

— Soit, repartit Gorvennec avec effort, je le jure!

— C'est bon, alors je suis tranquille! Voici comment les choses se passeront; il ne faudra vous étonner de rien. Un homme à moi dévoué viendra vous chercher cette nuit. Ne prononcez aucune parole, ne lui faites pas la moindre question, car sans cela tout serait perdu. C'est peut-être un peu ténébreux, mais c'est comme ça! Prenez patience, vous pouvez compter sur ce que je vous ai promis comme si vous le teniez. En attendant, j'vas vous relier les mains.

-- Pourquoi?... demanda Gorvennec.

— Ça, c'est mon affaire!

Legon attacha de nouveau les mains du maquignon et sortit en murmurant à part lui :

— Voilà une botte de ma façon à laquelle Loïk ne doit guère s'attendre! Bénéfice net : quinze cents francs!

CHAPITRE V.

PERDU D'HONNEUR!

Les heures s'écoulaient lentes et inexorables pour le maquignon, qui, toujours étendu sur les pierres du foyer, sentait le froid le gagner de nouveau, mais cette fois il ne voulait pas s'endormir, et sa seule volonté le tenait éveillé.

Chaque fois qu'il entendait marcher sur la route, chaque fois que le vent agitait les arbres, il croyait qu'on venait le chercher et faisait des efforts surhumains pour se mettre sur son séant.

Vers dix heures, il entendit des claquements de fouet, accompagnés de tintements de grelots, puis un roulement sourd retentit sur la route, de joyeux propos se firent entendre, et la diligence passa.

Le malheureux Gorvennec désespérait, quand tout-à-coup il entendit du bruit derrière lui. Il se retourna, et à la clarté de la lune il aperçut un homme debout dans l'âtre, un couteau à la main.

— Je suis perdu!... se dit-il; mon Dieu! protégez-moi.

L'homme mit un doigt sur ses lèvres et s'approcha de Gorvennec, dont il trancha les liens.

— Suivez-moi, lui dit-il, et surtout pas un mot.

Fidèle à la promesse qu'il avait faite à Legon, Gorvennec se conforma à la taciturnité de son silencieux compagnon.

Celui-ci tira un mouchoir de sa poche, s'approcha de Grand-Louis et lui banda les yeux.

Le maquignon étonné se laissa faire. Il se demandait pourquoi tant de précautions quand sa parole d'honneur était engagée.

— Enfin, pensa-t-il, Legon n'est qu'un fier coquin et doit avoir ses raisons pour cela.

Pendant ces réflexions, le nocturne personnage avait tiré une corde et en avait noué solidement un bout à la ceinture de Gorvennec.

— Quand je tirerai sur la corde, lui dit-il à l'oreille, montez en profitant de toutes les aspérités de la pierre; ne craignez rien, je vous soutiendrai.

Un bout de corde dans la main, il grimpa dans la vieille cheminée avec l'agilité d'un chat.

Une fois en haut, il s'arcbouta sur le chaume, et donna une légère tension à la corde.

Gorvennec comprit le signal et se dirigea

en tâtonnant vers le fond de la cheminée, dont l'intérieur, profondément lézardé, offrait une prise facile. L'inconnu l'aidait puissamment, et en quelques instants Gorvennec se trouva en haut, où il sentit un air glacial lui frapper le visage, pendant que ses pieds enfonçaient profondément dans la neige qui recouvrait le toit.

La grange avait peu d'élévation. L'inconnu se laissa glisser sur la neige jusqu'à l'extrême inclinaison du toit, puis il dit à Gorvennec qu'il avait attiré à lui :

— Lancez-vous! Ce n'est pas haut, je vous retiendrai.

Gorvennec obéit passivement, laissa pendre les jambes en-dehors, et s'abandonna. L'inconnu le retint avec force et le déposa sans secousse sur la route, en même temps qu'il y était aussi.

Il détacha la corde, prit Gorvennec par la main et le conduisit à quelques pas de là où se trouvait une carriole bourrée de paille et attelée d'un vigoureux cheval. Une bâche goudronnée recouvrait le véhicule.

L'inconnu le fit monter dans le fond et jeta

deux ou trois bottes de paille par-dessus lui.

— Vous aurez chaud! fit-il railleusement.

Puis il s'assit sur le siége, prit les guides et fit claquer sa langue.

— Hop!... la Grise, cria-t-il.

Et il accompagna cette exclamation d'un vigoureux coup de fouet.

Le cheval partit au grand trot, faisant craquer sous ses sabots la neige, qui avait pris une consistance extraordinaire sous l'effort de deux ou trois gelées.

L'inconnu, au lieu de suivre la route de Brest, une fois arrivé à Guipavas, s'engagea brusquement à gauche sur la route qui menait à Gouesnou. Il ne prononçait pas une parole et se contentait de faire claquer son fouet et d'activer de temps en temps l'allure de son cheval. Il connaissait évidemment la route et devait avoir un talisman pour se diriger ainsi dans la nuit, sur un chemin aussi mal entretenu que celui-là l'était alors.

Tout-à-coup il s'arrêta brusquement et laissa le cheval se mettre au pas. Puis il se mit à siffloter entre ses dents sans s'inquiéter de Gorvennec, qui était toujours étendu dans la voiture, sous les bottes de paille.

Le maquignon n'avait pu se rendre compte de la route que son conducteur lui avait fait prendre, il songeait à tout ce qui lui était arrivé depuis son départ de Landerneau, et se demandait parfois si la main de Dieu ne s'étendait pas sur lui en punition de quelque faute qu'il avait pu commettre.

Et Coroller?...

— Son argent, pensait le maquignon, je le lui rendrai, dussé-je pour cela me mettre dans la misère et recommencer à travailler comme dans ma jeunesse, pour reconstruire cette fortune que j'avais si laborieusement acquise.

La voiture était engagée sur une côte presque perpendiculaire, le cheval soufflait et tirait péniblement en glissant sur le verglas.

L'étranger descendit alors de voiture, et, le fouet passé autour du cou, marcha à côté du cheval. Il ralluma sa pipe et remonta dans la voiture lorsque la côte fut franchie.

Alors il rendit la main à son cheval, qui allongea les jambes et partit au trot.

En cet endroit, la route se rétrécissait, de hauts marronniers bordaient les haies, et c'était tout au plus si la voiture pouvait passer.

Tout-à-coup l'inconnu leva la tête.

Un petit bruit sec se fit entendre dans le taillis, quelques branches mortes craquèrent.

— Il ne fait pas bon ici ! pensa-t-il.

Et il allongea quelques coups de fouet à la Grise.

A ce moment deux ou trois détonations retentirent, répercutées par l'écho, la bâche de la voiture fut entamée, et les balles passèrent au-dessus de la tête de Gorvennec.

Personne n'avait été atteint.

— Pas mal joué, mes coquins, pas mal joué !... murmura l'inconnu.

Le cheval, épouvanté par les détonations et stimulé par les coups de fouet, courait ventre à terre, faisant passer la voiture sur des tas de cailloux épars sur la route, et manqua de verser plusieurs fois.

Grand-Louis, secoué comme en un panier à salade, se demandait vainement ce que cela voulait dire.

L'inconnu se pencha de côté et regarda derrière lui.

Il aperçut deux ou trois ombres qui couraient sur la route, mais la distance était trop grande entre la voiture et ces dernières, pour qu'elles pussent espérer la rejoindre.

Le conducteur donna encore quelques avertissements à la Grise, et quelque temps après ils arrivèrent à Gouesnou.

Le bourg était plongé dans la plus profonde obscurité, l'on ne voyait poindre dans la nuit noire que la flèche de l'église campagnarde et les toits recouverts de neige.

Quelques chiens réveillés en sursaut par le passage de la voiture s'élancèrent à sa poursuite en aboyant furieusement.

Le milieu de la rue principale était pavé tant bien que mal.

— Bon, se dit Grand-Louis en entendant les fers du cheval résonner sur le pavé, nous voici à Brest. Dieu en soit loué!

Il se trompait. L'inconnu s'engagea sur la route de Lesneven, et la voiture roula de nouveau sur la terre.

Le maquignon n'y comprenait rien. Il avait

beau se creuser la tête pour trouver le mot de l'énigme, il ne pouvait y parvenir.

— Ma foi, tant pis, se dit-il en lui-même, arrive ce que voudra, à la volonté de Dieu!

Il était à peu près quatre heures du matin quand la voiture se trouva en face du petit bourg du Drennec. Au lieu de tourner court pour revenir du côté de Gouesnou, ce qui aurait pu éveiller les soupçons du maquignon, l'inconnu prit un petit chemin de traverse qui, cinq minutes après, le remettait sur la même route, à quelques pas plus loin.

— A Brest, maintenant! se dit-il, et cette fois nous n'avons pas de détours.

Deux heures après, le cheval blanc d'écume s'arrêtait en face de l'auberge du Petit-Paris, sur la grande route de Brest, à deux kilomètres à peu près de cette dernière ville.

L'inconnu débanda prestement les yeux du maquignon, le fit descendre et lui dit :

— Il est six heures du matin. La diligence va passer par ici dans une demi-heure, vous ferez pas mal de l'attendre. Vous voilà libre, adieu!

Puis il fouetta son cheval et s'éloigna rapidement.

Gorvennec l'avait regardé en face... Il n'avait pas reconnu Loïk.

Les événements étranges, inexplicables, qui s'étaient passés depuis l'avant-veille, pouvaient paraître un songe au maquignon, qui se tâta pour savoir s'il était bien éveillé.

La réalité était là pour le convaincre.

Combien d'amères réflexions se succédèrent dans son esprit, pendant tout le temps qu'il resta, tremblant de froid, assis sur une borne, les pieds dans la neige, la tête entre les deux mains, le cœur brisé par les appréhensions de l'avenir et par les souvenirs du passé. Sa blessure était encore ouverte et le faisait horriblement souffrir.

Il fût resté là longtemps, si un tintement familier n'était venu l'arracher à sa rêverie. La diligence descendait la route et se trouvait à dix pas de lui.

Il se leva avec effort, et comme un homme qui n'a pas conscience de lui-même, fit signe au postillon d'arrêter.

— Tiens, c'est vous, *mossieu* Gorvennec, fit

celui-ci. D'où donc que vous sortez?... *Je vous ai* jamais vu si mal bâti?

En effet, le maquignon était pâle comme un mort; ses habits souillés de boue et de sang n'avaient plus de couleur, et il chancelait comme un homme ivre.

— Vous êtes blessé, Gorvennec? continua l'autre.

— Oui, je me suis heurté!... je suis tombé... sur un... caillou, répondit Grand-Louis en hésitant.

— Vous avez marché toute la nuit?...

— Oui, j'ai marché toute la nuit, reprit machinalement Gorvennec.

— Et d'*où ce que* vous venez comme ça, sans être curieux?...

— De la Forêt, je crois!

— Montez donc.

Gorvennec se hissa péniblement dans la rotonde, et le postillon repartit en murmurant :

— Que diable a-t-il pu arriver?... Je ne l'ai jamais vu aussi *chose* qu'aujourd'hui!

Cinq ou six personnes qui se trouvaient dans la voiture considéraient Gorvennec avec étonnement. Celui-ci, se sentant le but de leur curiosité, essaya tant bien que mal de réparer le désordre de sa toilette et s'enfonça dans un coin sombre où il ne parut plus faire attention à personne.

La diligence franchit le pont-levis, s'engouffra sous les sombres portes de la ville et s'arrêta sur la place.

Tout-à-coup deux ou trois gendarmes entourèrent la voiture, et au moment où Gorvennec descendait, une main s'appuya sur son épaule, pendant qu'une voix retentissante lui criait aux oreilles :

— Au nom de la loi! je vous arrête.

Un cercle de curieux s'était déjà formé, et les soldats du poste s'étaient approchés des gendarmes pour leur prêter main-forte en cas de besoin.

Le maquignon fixa les gendarmes d'un œil hagard et essaya de balbutier quelques mots.

— M'arrêter?... Pourquoi?...

— Vous vous expliquerez devant le juge d'instruction.

— Mais au moins de quoi suis-je accusé?...

— D'avoir détourné à votre profit une somme qui vous avait été confiée!

Le maquignon chancela.

— Ah! s'écria-t-il, cette accusation ne peut pas partir de Coroller!...

— Ah bah!... fit un des gendarmes. Marchez.

— De grâce, laissez-moi un instant!...

— Allons, en route!

Et les gendarmes l'empoignèrent brutalement par les poignets.

Gorvennec essaya de se débattre, et dans ses efforts un papier s'échappa de sa poche. Toujours complaisant, le postillon de la diligence le ramassa et allait le lui remettre, quand un des gendarmes s'en empara.

— Doucement!... dit-il.

Il le déplia et le passa ensuite sous les yeux de Gorvennec.

— Et ça, s'écria-t-il, c'est sans doute une preuve de votre innocence?...

Le maquignon regarda.

C'était un des papiers de valeur que lui avait remis le notaire de Landerneau.

— Non! fit-il d'une voix étranglée, non, ce n'est pas possible!

Et il se laissa emmener, écrasé par cette preuve dont il ne se doutait pas.

— Abus de confiance! mon bonhomme, murmura railleusement un des gendarmes, c'est une affaire de vingt ans au *grand pré*!

En ce moment un cri déchirant partit de la foule. Une femme venait de s'évanouir en apercevant le prisonnier.

Celui-ci tourna la tête; un cri de rage s'échappa de sa poitrine.

C'était Louise!... c'était sa femme.

Puis il continua à marcher, poussé en avant par les gendarmes.

— C'est sa femme!... annoncèrent quelques personnes indifférentes.

Et Gorvennec continua son chemin, poursuivi par les huées de la populace, qui l'accompagna jusqu'au palais de justice.

CHAPITRE VI.

LA MAISON DE L'ÉCLUSE.

Huit heures venaient de résonner sur le timbre fêlé de la petite église de Saint-Marc, quand un cavalier, qu'à ses habits recouverts de farine on pouvait facilement reconnaître pour un meunier, mettait pied à terre devant une des meilleures auberges du bourg maritime. Il attacha son cheval à un des crochets servant à retenir les auvents de la boutique.

— Salut! fit-il en entrant dans la maison.

Quelques buveurs attardés se trouvaient encore dans l'auberge et répondirent à son salut.

— Eh bien! quoi de neuf?... demanda le jovial personnage en tirant un escabeau de dessous la table et s'asseyant.

— Pas grand'chose, répondit un des buveurs, sinon que vous connaissez l'affaire!

— Eh! père *chose*, un verre de cognac, et perlé!

Puis se tournant vers les autres :

— Vous disiez donc que je connais l'affaire? Laquelle?...

— On ne parle que d'ça dans le pays, dit l'aubergiste en le servant.

— Ah bah! c'est l'affaire de Grand-Louis, alors!

— Parbleu! bien entendu!

— Pauvre diable! exclama le meunier. c'est une bien vilaine histoire que celle-là.

— Les preuves contre lui sont accablantes, fit un des buveurs.

— Et il sera condamné, ajouta un autre.

Cette conversation n'avait pas l'air de sourire au meunier, car il se leva brusquement, alla vers le comptoir et paya son écot.

— Comment, vous partez déjà?... demanda l'aubergiste.

— Dame! j'm'en vas jusqu'au Relecq, j'en ai encore pour une heure et demie!

— Heureusement pour vous que Gorvennec est dans le sac, ricana l'aubergiste, car sans cela il eût pu vous jouer un mauvais tour.

Le meunier était déjà sur le seuil de la porte, à ces dernières paroles il revint.

— Ecoutez, fit-il froidement, pour moi Grand-Louis est un honnête homme! Faites-en ce que vous voudrez.

Il sortit, détacha son cheval, se jucha sur son sac de farine, et partit à un trot cadencé habituel aux chevaux bretons.

Le cheval marchait depuis longtemps dans une boue flasque et glacée produite par le dégel, quand le cavalier l'arrêta et sauta doucement à terre. . . . .

. . . .

Au rendez-vous assigné par Loïk, à la maison de l'Ecluse, les trois hommes, enfermés dans la masure qui bordait la route, causaient avec animation.

— Oui, mes chers et dignes amis, disait Loïk en allumant sa pipe à la chandelle de *rouzine* qui les éclairait, nous sommes assez riches maintenant, et la fortune, qui jusqu'ici nous a si bien favorisés, pourrait bien nous tourner le dos!

Et le misérable se prélassait sur un tas de goëmon placé au bord de la masure, pendant que ses dignes acolytes, assis presque à ses pieds, sur d'énormes pierres, étaient suspendus à ses lèvres.

Les trois hommes fumaient avec tant de rage, qu'on ne pouvait distinguer leurs traits à travers la fumée âcre et épaisse qui les enveloppait.

Loïk continua.

— Le vent qui souffle dans les peupliers, le mugissement de la marée montante empêchent que personne puisse nous épier.

Nous pouvons donc parler franchement et jouer cartes sur table.

— Parle! firent à la fois les deux hommes.

— En ce moment nous avons en caisse quelque chose d'approchant des 500,000 francs, fruit de quatre ans de labeurs et de travaux, surtout de ruses. Comme votre chef, je prétends m'adjuger la moitié de cette somme. Il vous restera donc 250,000 francs à partager, et je suppose que ce chiffre est assez rond pour ne pas vous déplaire.

— C'est convenu! approuvèrent les deux hommes.

— Eh bien! vous savez où est caché l'argent; revenez demain soir à la même heure, et nous ferons le partage!

— C'est dit!

— Puis après, vous irez où vous voudrez; quant à moi, mon passage est assuré pour l'Amérique aussitôt la somme empochée! Nous avons assez vécu de misère, nous pouvons maintenant trancher en grands seigneurs et mener la vie joyeuse et bonne.

— C'est égal, fit Clet avec un gros rire, l'histoire du maquignon n'est pas mauvaise, et je me promets d'en régaler mes petits-enfants, quand j'aurai atteint la soixantaine!

— A qui en revient l'honneur?... demanda Loïk en croisant ses jambes l'une par-dessus l'autre. Ce que vous ignorez peut-être, mes tendres amis, c'est qu'après avoir baladé le particulier du Cerf jusqu'au Drennec, et avoir manqué d'être fusillé en route, je lui ai tranquillement glissé dans la poche un papier de valeur de 200 écus que j'avais extrait de la valise! Comme vous le voyez, le tour n'est pas mauvais, et nous ne devons pas regretter notre argent.

— Superbe!... superbe!... renchérirent les deux bandits en riant à se tordre.

— Et Legon?... demanda Paouetic, quand la première hilarité fut passée.

— Legon!... fit Loïk, qui se croyant applaudi, se sentait en veine de plaisanteries, je n'ai qu'un regret, c'est d'être obligé de partir sans l'avoir dévalisé et lui avoir tordu le cou en expiation de ses crimes!

— Pourquoi ne restons-nous pas?... demanda encore Paouetic.

— Pas de ça! mon fils, la police a l'œil grand ouvert sur nous, et nous finirions un de ces quatre matins par mettre le cou à la lunette de dame la guillotine!

— Brrrrrrr!... fit Clet, ça me donne froid rien que d'y penser!

— Et moi, ajouta Paouetic, j'ai envie de tomber en pâmoison toutes les fois qu'on en parle!

— Ainsi, c'est entendu, dit Loïk en se levant avec la nonchalance d'un grand seigneur, demain au soir vers neuf heures.

— Nous y serons!

— Tu retournes à Brest?... demanda Clet à Loïk.

— Mais dame, je n'ai pas l'intention de passer la nuit dans cette misérable *cabèche*, quand j'ai en rêve toutes les mines d'or du Pérou.

Ils se levèrent tous trois et sortirent de la cabane.

Une fois dehors, Loïk reprit sa défiance habituelle et regarda autour de lui. Il lui sembla apercevoir dans le lointain un homme à cheval.

Il en fit la remarque à ses compagnons.

— Tu rêves tout éveillé, répondirent ceux-ci, c'est ta richesse future qui te fait perdre la raison!

Chemin faisant, les deux hommes trouvèrent que leur part à eux était bien minime et que celle de Loïk était bien grande. Cela leur donna à réfléchir.

CHAPITRE VII.

RÈGLEMENT DE COMPTES!

La maison de l'Ecluse, dont nous venons de parler, était située sur la grande route du Moulin-Blanc au Relecq et communiquait de plain pied avec la grève. Elle se trouvait près d'une grande prairie couverte d'ajoncs, dont les eaux, contenues par une écluse, serpentaient sur le sable à la marée basse et allaient se perdre dans la mer.

Elle était bâtie de moellons grisâtres, reliés entre eux par de la terre glaise, qui donnait naissance à une foule de plantes parasites s'entrelaçant entre elles.

Un jour s'était écoulé depuis notre dernière scène, et l'heure assignée par Loïk pour le partage s'approchait rapidement.

Un homme boutonné jusqu'au cou dans un manteau pluché, les jambes protégées par une forte paire de bottes de mer, la casquette rabattue sur les yeux et un gourdin à la main, marchait d'un pas pressé sur la route de Relecq et se dirigeait vers la maison de l'Ecluse.

— Pourvu que je sois le premier, murmurait-il, tout marchera bien!

Et en homme affairé, il allongeait le pas.

Il arriva bientôt devant la masure, s'arrêta un instant sur la route et regarda le ciel, qui était parsemé d'étoiles.

— Beau temps, fit-il, mais il gèle dur, à l'œuvre!

Il poussa la porte vermoulue de la masure, y entra, et en ressortit bientôt une bêche à la main.

Puis il contourna la maison, enjamba un petit fossé, et se dirigea vers un tas de goëmon assez élevé, qui se trouvait à peu de distance sur la grève.

Tout-à-coup il poussa un cri et resta comme pétrifié.

La lune éclairait de ses reflets la silhouette d'un homme, qui, courbé en deux, fouillait le sable avec acharnement.

Celui-ci, entendant du bruit, se retourna.

— Clet!... fit-il avec épouvante.

Clet bondit jusqu'à lui.

— Que faisais-tu là?... demanda-t-il.

— Je prenais ma part, répondit l'autre.

— Comme ça se trouve!... et moi je viens prendre la mienne.

Et Clet fixa sur Paouetic un regard chargé de haine.

— Nous verrons! fit celui-ci.

— Nous verrons que tu es un filou! s'écria Clet.

— Ah! tu m'insultes.

— Comme tu voudras!

— Prends garde, ne me pousse pas à bout!

— Je suis prêt.

Et pour le prouver, Clet tira son couteau.

Paouetic suivit son exemple.

Les deux hommes restèrent quelques instants à se regarder dans le blanc des yeux; Paouetic avait lâché sa bêche et tenait son couteau convulsivement serré; Clet était plus calme, il épiait les mouvements de son adversaire.

— Commence, dit-il à Paouetic, celui qui restera aura la part de l'autre.

— A toi!

— Par obéissance alors.

— Finissant ces mots, il bondit avec la souplesse d'une panthère sur son digne ami, lui saisit le poignet droit et chercha dans la poitrine une place où enfoncer son couteau.

Mais Paouetic se dégagea et recula brusquement de quelques pas pour revenir avec plus d'impétuosité sur son adversaire.

C'était une scène terrible au milieu de ce paysage sombre et dépouillé; pas un mot n'était prononcé, on n'entendait que le sifflement de leurs respirations haletantes.

Cette fois, ce n'était plus de vaines fanfaronnades, les deux hommes se tenaient étroitement embrassés, cherchant à se renverser mutuellement.

Déjà le sang avait coulé, mais ce n'était que légères blessures : le combat continuait toujours.

Enfin Paouetic, dont les pieds enfonçaient dans le sable, se renversa en arrière et tomba, entraînant son adversaire dans sa chute.

Clet se dégagea vivement, lui mit un genou sur la poitrine, et, levant son arme, la lui plongea trois fois dans la gorge.

Paouetic poussa un râlement sourd, vomit une gorgée de sang, et ferma les yeux...

Il était mort.

Pendant cette horrible lutte, un canot avait accosté au rivage, un homme en était descendu et s'était dirigé sans être aperçu vers la masure.

Il resta témoin muet du combat, puis quand il vit que Clet allait se relever, il tira un pistolet de sa poche, l'ajusta froidement et pressa la détente.

La lueur de l'explosion éclaira un moment le rivage, un corps vint rouler à côté du cadavre de Paouetic.

Les deux complices étaient réunis dans la mort...

— Ils m'ont servi à souhait! de cette manière, tout me reste!

Il alla au tas de goëmon, prit la bêche, et continua la besogne si bien commencée par Paouetic. Bientôt le trésor fut mis à jour, et Loïk s'éloigna, portant avec peine la valise du maquignon, gonflée d'or et de papiers de valeurs.

Il allait mettre le pied dans le canot, quand

deux hommes surgirent de l'ombre, et s'emparèrent de lui en lui disant :

— Cette fois, nous te tenons bien... tu ne nous échapperas pas !

. . . .

. . . .

Avant de terminer, il est nécessaire de tirer le voile obscur qui s'étend sur la dernière partie de ce récit.

Lors de la première réunion des associés à la maison de l'Ecluse, le brave meunier que nous avons trouvé à l'auberge de Saint-Marc, ayant aperçu de la lumière en pareil gîte, s'était approché et avait entendu toute la conversation des trois bandits.

Le cœur chargé d'un poids si terrible, il s'en revint aussitôt à Brest, où il alla trouver le procureur impérial et lui raconta toute l'affaire. Celui-ci connaissant l'heure du rendez-vous, expédia le lendemain un piquet de gendarmerie pour s'emparer des trois hommes.

On sait le reste.

Pendant que nous sommes sur cette question, parlons de Loïk.

Le misérable avoua tout avec un cynisme

révoltant, et fut condamné aux travaux forcés à perpétuité.

C'est peut-être la seule chose qu'il n'ait point volée!

Son digne ami Legon échappa par la fuite aux poursuites dirigées contre lui.

Gorvennec fut rendu à la liberté.

Quand il rentra dans sa maison, il trouva sa femme, Coroller et quelques amis qui l'attendaient.

Tous lui tendirent la main avec empressement.

— Grand-Louis, lui dit sa femme en l'enveloppant d'un long regard d'amour, nos peines ont été bien grandes!... Je n'espérais plus te revoir!...

— Enfant!... murmura Gorvennec en déposant sur son front un chaste baiser, Dieu n'était-il pas pour nous?...

FIN.

TABLE.

TABLE

I.	— Un service.	5
II.	— L'Auberge du Grand-Cerf.	14
III.	— Volé ! ! !	22
IV.	— A fripon, fripon et demi.	31
V.	— Perdu d'honneur !	41
VI.	— La Maison de l'Écluse.	53
VII.	— Règlement de comptes !	62

FIN DE LA TABLE.

Limoges. — Imp. E. Ardant et Cie.

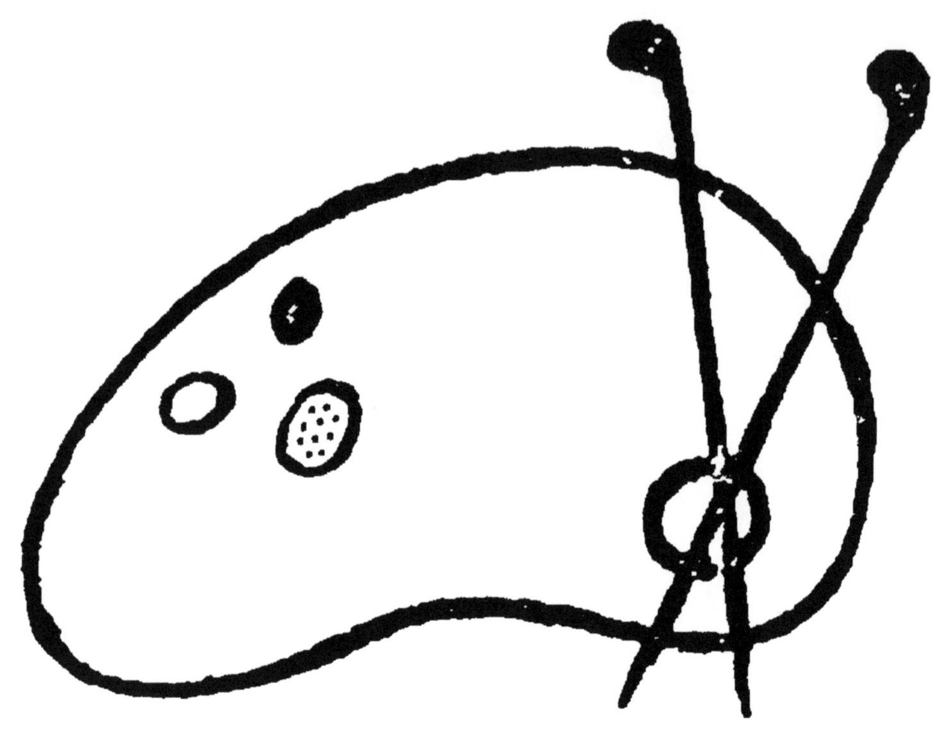

www.ingramcontent.com/pod-product-compliance
Ingram Content Group UK Ltd.
Pitfield, Milton Keynes, MK11 3LW, UK
UKHW020411230726
13925UKWH00004B/1365